風のあしおと

堀口すみれ子

かまくら春秋社

風のあしおと

堀口すみれ子

かまくら春秋社

装画・装丁　山本容子

風のあしおと　目次

風のあしおと

海の春

透明な太陽が
海の底に
もも色の花を咲かせたら
わかめの林のむこうから
もう
さやさやと風がきて
ごらん

渚は
花筏がいっぱい

風の糸

一枚の帆にはりついている少年には
かたむいた太陽も
かがやく水面も　何も見えない
少年は一心不乱に帆になろうとしている
彼にはこわいものが何もない
ねがいはただひとつ
風をとらえたいのだ
少年は一枚の帆にはりついて

風になりたいのだ

南国の鳥のような帆が
ついたり　はなれたり
水の上を流れるように群舞する
ここでは規則も信号もない
それなのに衝突事故がない
ウィンドサーフィン
風が繰《く》る　あやつり人形

梅の香に

ほら緋桃が
こんなにきれいに咲きました
枕もとで　そういうと
混濁の中から　目をこらし
一瞬　ま顔になって

だめだなぁ
それは梅だよ　紅梅さ

こまったな

と　力なくかかかと笑って
深い混濁の底に帰ってしまった
あなたに行かれて
こまったのは私です
梅が咲いて
人恋しい香りの季節です

風の祈り

季節が交代するたびに
吹き荒れる季節風
花のさかりに花を散らし
若芽を　もぎ捨てる

これまで　私のうえに
何度季節風が
吹き荒れたでしょうか

そのたびごとに
美しい季節がめぐり来るとはかぎらない
四季の暦にないような
阿鼻叫喚の季節もあった

十八歳になる葉子
あなたは大きくなりすぎて
私の枝葉《えだは》は散葉《おちば》して
防風林にはもうなれない

どうぞ神様
あの子には
季節風など吹かぬよう
あの子は、いい娘《こ》でございます

風の声

海岸通りの大きなくすの木には
このはずくが住んでいて
低い声で　ほーうほーうと鳴いていた

悲しい夕ぐれ
ほーうほーうがきこえると　あゝ
悲しいのは私だけではないな　と思う

さみしい夜中
ほーうほーうがきこえると　あ、
さみしいのは私だけではないな　と思う

海岸通りのくすの木の下を通るとき
うーんとのけぞって　このはずくを捜すと
大きな目で　じーっと私を見ていた

大きなくすの木の枝に
このはずくがいなくなって久しいけれど
今でもどこかで　ほーうほーうと
鳴いているのが　風にのって聴こえる

避暑地の秋

はや立秋
うらぎりのように　ひそやかに
人かげの消えた岩に立って
夕陽を眺めよう
糸たれるつり人の影ながく
岩肌に残る灼熱のぬくもり
何度このようにして逝く夏を
見送ったことだろう

残された者のさびしさ
置いていかれた者の悲しさを
知っているように
太陽は一瞬を赤く染めて沈む

さぎ

月明りに小鷺が飛んだ
流れ星かといそいで祈った

小鷺　白鷺　お前の声は
お前の姿ほど美しくない

小鷺　白鷺　お前の心は
お前の目ほど黒い

お前は夜どうし水鏡して
おかげで鯉はねむれない

小鷺　白鷺
お前はさぎね

八方尾根

私の目の奥に　何度も行って見たことのある
ようにはっきりした景色が見えるのです。
でも実は一度も行って見たことはないのです。

ふみ込まないで
そこは私の聖域
立ち入らないで
雪に埋もれた暗やみ

もしどうしても行くというのなら
鎮魂のコニャックを
雪に流してくれますか
琥珀色の液体が雪に混じるとき
桃色のけむりが立ちのぼったら
それは二十七年前
雪の中に死んだあの人のたましいが
やっと天にかえっていくのです

五月闇

人はコートをぬいで
樹木は服をあたらしくして
風もかろやかに
雨さえたのしげに
だのに　どうしてあそこは
あんなに暗いのでしょう
五月闇、あの中に
なにがひっそりかくれているの？

のぞいてみるとなんにもない
ひかりを通さぬ
密度濃い闇

巷に雨の降るごとく……ヴェルレーヌさん

雨が降っているゎ
止みそうもないゎ
泰山木が咲いたゎ

蓮の花の形をした
花びらが濡れて
さびてしまうゎ

雨のにおいの中に
ふっと泰山木の
強い香りの帯が流れてゆくゎ

きっとあなたのいる
無窮の彼方に届くゎ
私も香りの帯にのって行ってみたいゎ

あなたに会いに

九月

九月
散ってゆくまえに
マロニエの葉は一瞬
黙り込む

夏の間
たくさんの蝉が
お前の樹液を吸った

今年《ことし》生まれの鳩の子が
お前の葉かげで
まわらぬ節まわしで
いつまでもうたっていた

蝉が逝って　鳩が行ってしまった

何もあたためない
熱のない太陽を浴びて
マロニエは淋しく
黙り込む

真名瀬山

真名瀬山《しんなせやま》　あれは　私《わたくし》
ピカソ画伯が描いたので
ちょっとシュールです
胸は縦についていて
グラマーです

葉山の町を半分に仕切って
眺めはいいけど　じゃまっけです

長々とねそべって
つま先はいつも海水にひたしています
お行儀よいとはいいかねます

一面の雑木にお丶われて
紅葉すると　みごとです
でも　あの葉陰には
まむしが住んで危険です
真名瀬山　あれは　私《わたくし》

悪口

かみ合わないチャックをすぐに直すことができ、モンブランのおいしいところだけ「ちょうだい」というと「どうぞ」とくれる。

「男の人ってタイヘンなんだから無駄遣いしちゃダメよ」と、知ったふりして私をさとす。「男の人のどこがタイヘンなの?」とたずねると「イロイロ」と答える。

けれど時々、私の大切なお皿を「あ、、や

っちゃった」と闕くし、私の前にあるショートケーキを「いいでしょ」といって丸ごと食べてしまう。そして時々、「あー、どこかにいい男は残っていないかなぁ」とつぶやく、彼女は独身。

「ねぇ、女の友情ってないっていうからサ、ケンカしても、お互い悪口言うのはよそうね」というと「いやだよ」と答える。

迎春（ニュージャージーで）

掃いても掃ききよめても
落ち葉はやまない
木の葉は降りつんで
地上の濁悪《じょくあく》を
つつみかくしたいのに

人は無心に掃く
新しい年を迎えるために

落ち葉の一枚一枚が
心に消えない汚点であるように

まはだかになった梢のあいだで
小鳥は身うごきもできずに
こうべをたれる
裸形《らぎょう》の枝が天にむかって
すくいの祈りを唱う

やがて暗黒の空の底から
音もなく雪が舞い
ものみなすべてをおゝいかくす
人と樹と鳥達の安心のために

春告げ雪

バージンスノーを
走りながら　犬は
笑って雪をたべた

富士山の真正面に
雪ダルマをこしらえて
大學先生、と呼んでみた

海坊主はかわらぬ調子で
念仏をとなえていた

予感

夏のにおいがするね
雨あがりの窓を開けて
少年は　いった

自分の夏に気づかずに
濡れた空気の中にひそむ夏を
いちはやく予感するのは
なぜだろう

息づまるようなまぶしさと
熱い無でしかない季節を
身内において
夏のにおいがするね
と　あこがれる

輪になって

風のない真昼《まひる》
松が花粉をふきあげる
天にむかって　たばこのけむりを
ポッとはくように
同じ木の　新芽の葉さきで
雌花がこれを受ける

神様が降りて来る木の

千本の針に守られた　お丶らかな受粉

秋にはまつかさの中から
たくさんの種が　風に飛び立つでしょう
うつろになった　まつぼっくりは
クリスマスの門口をかざるでしょう
輪になって

円覚寺幽愁

結跏趺坐《けっかふざ》
沈思黙念

彼の耳でマライア・キャリーが鳴り出し
半開のまぶたの裏で女が踊り出す

結跏趺坐
沈思黙念

蝉しぐれに送られて
帰る少年を老杉が見ていた
次の日も　来る日も　何日も

結跏趺坐
沈思黙念

求めてはいけない
無私になれ
誰が何を教えてくれるものか
うまく齢を重ねられない少年よ

夜あそび

夜ごと
時のすきまで
灯台のあたりから
汐をひとふき
ざぶんと相模湾を
海底深く潜り
桟橋のあたりの
しっぽの一撃で

はるか太平洋に
ぽっかり浮いている
江の島はざとう鯨
大いそぎで帰ってくると
なにくわぬ顔をして灯をともす
早い朝
江の島は汐でぬれている

冬でもない　春でもない

冬でもない
春でもない日
部屋で
雨のうたう
やさしいレクイエムを聴こう
色あせた小菊が
うなだれて
聴いている

今朝《けさ》はやく
誰も起きないうちに
ひよどりがあわただしく
赤い実の全部を食べてしまった
まだ冬?
もう春?
オブラートのような静けさの中で
梅が、椿が笑う

無責任

風が
ハンガーからコートを脱がした
庭石に片袖をかけて地に落ちたコートは
もう人のかたちをしていない

犬がきて
ぐるぐるぐる三回弧を描いて
上にねてしまって

すでに夢見心地だ

コートを脱いだハンガーは
肩のかたちをしている
いかつい骨が
のんきにゆれている

春霞

うすぐもりの
あいまいな空気に埋《うず》もれて
出口はないように思える
そんな時が日常になってしまった
――このまま凝《こご》ってしまうのもいいかも、
　楽で――

あの重い空気が

春霞だったのだと気づくまでに
どのぐらいの時間が要ったのだろう

目をあげてよく見たら
さくらの満開の中にいた
うっかり見逃すところだった

くす若葉

くすの大木《たいぼく》に寄ってごらん
ふわっとあたたかいのは
南国の熱がこもっているから

くすの木に宿る
あおばずくのうたをきいてごらん
あたたかいもので心が満たされるから

誰も知らない高みで
ひっそりと咲く
くすの花を見た人がいるか聞いてごらん

くす若葉の頃　木の下に立つと
風もないのに葉が落ちるのは
何故か知っている？

若葉が育つのを見とどけてから
古葉が静かに
落ちるから

海から寺へ

素足の靴に砂が痛い
果てのないアスファルトの道は
ゆらゆらとゆがんでいる
真昼の街路樹は影もつくらない
二の鳥居
一涼もない段葛
けれど確かに時は移る
まずは左右のウインドウから

やがて雁来紅　彼岸花
まもなく谷戸に秋がくる

遠くはなれて

有明けのお月様を
あおぎながら
東京の夜を思う

お前は今、神経質に
指の間でくるくるとエンピツをまわしながら
つかれた頭で　ぼんやり
月を見ているかも知れない

気づかずに「母さん」と呼びながら

同じ時に月を眺めても
同じ月ではない不思議
うめようのない時の差を追いながら
茫漠と広がりはじめた碧い空に残る
白い月が
日ごとにやせていくのを
ひとり眺める

お散歩

クイーン・エリザベス・パークへ行こうか
静かすぎる日曜日の午後
どちらからともなく気が合った
きっとこんな日は　お嫁さんがたくさんいるよ

舗道には落葉が音もなくふりつづけ
無言で車が走り去る
枝先から落ち　はじけて割れる栃の実

誰も拾わないね

花でつくったモザイク模様の庭で
花嫁さんがポーズをとっていたね
ほとんどが中国人、インド人もいたよ
まるで映画の中にいるようだったね

眺めて飽きないあいだ中
池の中にあめんぼうを見つけて楽しそうだったね
一人と一匹
まだ　旅心地

音

灰色の街の喧噪の中で
静寂の音を聴いた

それはひとくちの温いコーヒーと共に
のどを　こくんとならして

食道から胃　そして
四肢のすみずみに流れた

それは止めようのない音だった
それは地球の廻る音だった

過ぎた日とこれからの日を
天秤にかけるのは無駄なことだと思った

音は　とくんとくんとなり止まずに
静かに私の中で鼓動している

かえる

湿った朝に
おびただしい春の残がいの中から
生まれでたかえる
かえるよ　かえる
手のひらのかえる
おまえのひょうきんな一歩を
いのちの再生だと信じた
インディアンや縄文人の

祈りを私も信じる
かえるよ　かえる
いま、人間の存亡の危機を背おって
その跳躍は　重たかろうね
だから　飛んで、はねて、疲れて、睡れ
そしてまた湿った朝にかえっておいで

スノー・パンジー

「あなたに　ぴったり」と
贈られた　水色のパンジー

積った雪を
そっとはらいのけると
枯れ葉のように散ってしまう

凍った花を　雪が

あたためているのを知らなかった

そして心も
雪にあたためられながら
春を待っている

びい玉

びい玉にとじ込められた青い芯は
ほのおがこごったかたちです

灰になるまえの
どっちつかずのありようです
熱のない
使用済みの時です

はずんだ呼吸《いき》づかいで
みんな溶け合って
燃えました

びい玉　いくつ
ひとつ　ふたつ　みっつ
大きいの　小さいの

海がもりあがっている

寂しい人は
海に来る、
波に足もとをすくわれて
うっとりする、
波が持ち去った
たくさんの足跡は
海の底を自由に泳ぐ、
足跡を追いかけて

心が泳ぐ、
足跡と心でいっぱいな海は
もりあがっている。

一期一会

内も外も静まりかえって
小鳥も鳴かない
一人の朝は
太陽までも
寂しいね

高い空の
ちぎれ雲にのって

夏の声が
だんだん遠くなる
追っても追っても
追いつかない
寂しいね

最後のダリアが
呆けたね
残照のように
林が色づいて
少し　明かるいね

休止符

短か日の
そのあたりを
あかるくして
山茶花が散る

やまばとが
日ぐれを告げて
夜を待つ

あす
山はもっと染って
いるだろう

立冬をすぎて旬日
昨日と明日のあいだの
きょうは閑日

アイスキューブ

もうお忘れでしょう

あなたがくれた
あまいまなざし
あなたが吐いた
あつい ため息
あなたが語った
夢の数々

もうお忘れでしょう

あの日々の　幸福であり希望であり
一日のすべてだった
消えやすい　それ等は　今でも
四角く　つめたく
私の中に凝らせてあるのです
そして時々　お酒に溶かしてのんでいます

リオ

リオは眠らない
眠らない獣です
きらめく美湾は
大きく開けた獣の口です
横たわるイパネマは
空から落ちた蛇のぬけがらです

カリオカは

サンバのリズムで血が流れます
なにをするのもリズムにのって
泳ぐのも　恋も　わるさも
正装は　紐でつくった水着です
濡れた黒馬の肢体を　紐でかくして
裸より目にはずかしい

たまに雷雨が通ったときは
獣は一瞬しずまります
そんな夜　植物さえも
火炎の花を咲かせます

少女たち

泥の素足に
美しい民族衣装を着た
インディオの少女は
オランタイタンブーの遺跡の
頂上に
すでに景色のように座っていた

少女たちはなんでも売る

あどけなくこびる笑顔
野の花
輪おどり
そのたびに　白い歯がひかり
ぼうしの花がゆれる

インディアンからきいたコヨーテの嘆き

ヤップヤップヤップ
ヤックヤックヤック
林の中から
夜の空に
コヨーテが吠《な》く

谷の奥の
川床は
産卵を終えた鮭であふれていた

命の最後を
兄弟たちに与えるために

　ヤップヤップヤップ
　ヤックヤックヤック

熊・狼・白頭鷲
森のけものに
知らせたものだ

人がこの地にくるまでは
自然のすべてに秩序があった
鮭もけものも姿を消して
コヨーテの声がひびき
秋が更る

衣替え

去年までの服
二、三ふえた今年の服
かもいにつるした
どの服をみても
おまえの去年から今年は
相も変らぬ一年だったね
わかるよ
洗えば落ちるほどの

汚染《しみ》だね
たたんで
しまっている間に
思いがけない色に
そまってしまうことがあるんだよ
しんぱいだね

陽炎の中で

陽炎の中で
子供が跳びはねると
幸福な島の岸辺近く
ジャンプする鯨を思い出す
島では
一日中
風がうたい
海がなり
小鳥は夜までおまつりで
太陽がものを焼く音がして
人は黙々と歩いていた

アインシュタインも
乳母車の赤ん坊も
歩く歩く
ほゝえみながら歩く
苦しそうに歩く
歩きたいから歩く
止まれないから歩く
海辺の道が
人生そのもののように
歩け歩け
ゆっくり歩け
いそいで歩け
陽炎の中で子供が跳びはねるように
海に抱かれて鯨がジャンプするように

においの記憶

降る雨が
においをはこぶ
どこからともなく
花のかおりがただよう
すると
微妙に違う比重の
空気のすき間から

雨が好きだ
雨に濡れる泰山木が好きだ

と、その人が現われる
その人は
たましいの形をしている
それは
不在の花のにおい
こうして
においの記憶を
たどっている間《あいだ》に
どこかで
白臘の花びらが散る

白い貴婦人

赤い大地にたどりつき
牧草を銀色にうねらせ
教会の尖塔をふきぬけ
花木をめぐり
深い海をわたってきた風が
西の果ての
白い貴婦人に
みどりの帽子をのせると

短い夏のはじまりです
世界中から
見物に来る人の
神妙なささやきの中に
アンの消息をききながら
むくろの家をまもって
とうに
風の化石です

灰色の埠頭

誰もいない灰色の埠頭
きしむからっぽの船群
ふなべりを打つ波
思い出は
汪洋の海を斬りすすむ

月にうかぶ
うみ鳥

両舷にひらいた
美しい帆をとじて
マストは重心を失う

そのあと

樺色のダリアが
この庭から姿を消すまえに
からっぽの旅行カバンをもって
裏の木戸から
そっと出て行きましょう
静かに記録のない時間がすぎ
いつか樺色の花を知っている人が
ひとりもいなくなって

からっぽの旅行カバンだけ
のこるでしょう

オイルサーディン

うすっぺらい四角い缶の
頭と腹のないいいわし

無辺際　青一色
波のゆりかご

思い出そうにも
頭がない

泣こうにも
心がない

あゝ　人間はもっと窮屈だ

夜に

テーブルの子機
オイルヒーターのタイマー
ファックスの受信信号
パイロットランプ群

常夜灯
夜の道しるべ

おぼつかない青い灯《ひ》を
つたい歩く

どこからきた
どこへゆく

鳩のいる庭

今日も私の庭に
若い山鳩がきて
鳶尾《いちはつ》や都わすれの中で
ごはんを食べている
お腹がいっぱいになると
無防備に羽根を干す
ときには
ひよと一戦をまじえたりする

山鳩よ
この庭は全部おまえにあげる
わたしは私の中に
この庭と同じ庭を持っている
そこには鳶尾も都わすれも咲いている
おまえのひい爺さんぐらいの鳩もいる

一九九九年　夏

イカル鳴く
あさの散歩の
ささやかな林道に
ある年　ドーンと
高速道路の橋桁が建った
その後

手もと不如意で

道路は中止
橋桁だけが
居心地悪く立っている

あと千年もそうしていれば
立派な苔むす巌となって
美しい百合など咲き
違う歴史がはじまるでしょう

送り火の夜

月は夜の海の
清漣《せいれん》を照らして
一本の道をつくっていた
お精霊さまは
きっとあの道を
かえられたのね
誰に
という風でなく

娘がいった
私も同じことを思っていた
きっと
広い海のあの道は
永劫へと続いているのだろう
いつか私もあの道を渡るだろう
つまずいたり迷ったりしない
ひかりの道を

わかれ

あの人は今
解きはなたれて自由です

時空をこえて
いつも私と一緒です

風になって　雲になって
月の影はあの人です

語り合った夢のつづきは
一羽の鳩が相手です

小首をかしげて
あなたを真似て

ゆく秋に
想いをはせて

月夜の虹

一陣の神風に
つれ去られた人よ
あれから九度目の秋がきて
今宵もあなたをさがします
虫の音に　秋草のしげみに
月照る水面に
あなたが　お魚の形をした
逃げ足の早い詩篇を

たずねた森戸川には
今夜も　ごい鷺がたたずんで
愚鈍な鯉をねらいます

月光の詩人と呼ばれた父よ
あなたが　とらえがたかった
魚影のように
月夜の虹をさがします

あとがき

月刊「かまくら春秋」に詩を書くようになって、十年余がすぎました。

文学少女であったとか、特に詩が好きだった、という訳ではなかった自分が、どうして詩を書きはじめたのか、考えてみると、父を真似てみたかったのだった、というよりほかありません。

気楽にはじめたはずでしたが、しだいに想いに迷い、言葉につまり、なぜ、最初の一歩を、ふみ出してしまったのか、と悔やんだこともたびたびでした。

かまくら春秋社の伊藤玄二郎代表に、もうやめにしたい、と何度弱気になったことでしょう。その度に、

「十割バッターはいないのだから」

「継続は力だから」

とはげまして、続けさせてくださらなかったら、この詩集はありませんでした。

また、連載の第一回から誌面で、私の詩篇に幅と奥行きを与えてくださった、岡本半三先生の装画が心だのみで、勇気づけられたのも事実です。

お世話になった代々の担当スタッフの方々に、深く感謝いたしますと共に、この十年余の収穫をご一緒によろこんでいただきたいと思います。

最後に、これまでの詩篇の中から選詩の労をとって下さいました清水哲男先生と、装丁をこころよく引き受けてくださった山本容子先生に、厚く御礼申しあげます。

堀口すみれ子

二〇〇〇年六月

堀口すみれ子
慶応大学仏文科卒。著書に父・大學の思い出を綴った「虹の館」「父の形見草」等。編著に堀口大學詩集「幸福のパン種」がある。
神奈川県葉山町在住。

風のあしおと
著　者　堀口すみれ子
発行者　伊藤玄二郎
発行所　㈱かまくら春秋社
鎌倉市小町二―一四―七
電話〇四六七(二五)二八六四
印刷所　㈱和晃
平成十二年七月十四日発行

ISBN4-7740-0145-7 C0095